coordenação editorial
Sálvio Nienkötter

editor executivo
Claudecir de Oliveira Rocha

editor-adjunto
Daniel Osiecki

capa | projeto gráfico
Paula Villa Nova

produção
Cristiane Nienkötter

Dados Internacionais de Catalogação na Publicação (CIP)
Angélica Llacqua CRB-8/7057

Olivio, Sidnei

Signos de Passagem | Sidnei Olivio
Curitiba: Kotter Editorial, 2023.
120 p. : il.

ISBN 978-65-5361-211-2

1. Poesia brasileira I. Título Signos de Passagem

23-2321 CDD B869.1

1ª edição

Kotter Editorial
Rua das Cerejeiras, 194 | Curitiba | PR | 82700-510
+55 41 3585-5161 | www.kotter.com.br | contato@kotter.com.br

Kotter Editorial 2023

Sidnei Olivio

Para o mestre-poeta e amigo,

Claudio Daniel

Sempre,

Vera, Mariana, Victor e Davi

sonho às vezes com um amor longínquo e vaporoso
como a esquizofrenia de um perfume...
Emil Cioran

porque sei que o tempo é sempre o tempo
e que o espaço é sempre o espaço
e que o real somente o é dentro de um tempo
e apenas para o espaço que o contém.
T.S. Eliot

Prefácio

Interrogar o tempo-enigma, margear a natureza do real, testar os limites da linguagem na re(a)presentação dos seres e das coisas, perscrutar sentidos quanto à existência desdobram, em *perpetuum mobile*, questões-motrizes para a Filosofia. Pois, para Sidnei Olivio, a Poesia igualmente se faz condutora do inelutável espanto ante a palavra, a vida, o mundo.

Atravessar *signos de passagem*, seu 13º livro de poemas, é como perfurar neblinas – de nós exigindo vagar e desassombro seja pelo adensamento metafísico em torno da materialidade do silêncio, do vazio, do tempo – "mecanismo sem resgate"; "a ideia do momento que logo se perderá"; "esculturas de areia"; – seja por seu "estranho lirismo", em discretos desvelamentos subjetivos na assunção, por exemplo, do amor como aporia e incompletude – "a experiência do desamparo/ peregrino traço/ por onde se infiltra o desejo" – e da "solidão difusa" como condição inescapável, renovável "sopro de tristeza e abandono", o riso a esconder o medo, os olhos a indagar à cidade sobre "a dor indiscreta".

Diante de um grande autor, a partir do qual atestamos tanto uma decantada consciência estética quanto uma indeclinável responsabilidade ética na ancoragem de alteridades e no diálogo com a realidade histórica, é possível depreendermos as linhas de força que sustentam o seu imaginário literário, as imagens que lhe são recorrentes, obsedantes, bem como a modulação rítmica a animar a sua voz poética. Nesse sentido, *signos de passagem* em nós transcorre como um poema-livro, tamanha a organicidade imagético-semântica em torno de abstrações ora de ordem filosófica e linguística, ora de apelo introspectivo.

Ao auscultarmos Sidnei Olivio, de seus versos desprende-se um certo *páthos* da melancolia – substrato, por sua vez, envolto pela atmosfera do tempo. Nessa etérea e dupla dobra, perfaz-se o seu tom poético, em uma espécie de lucidez pessimista quanto à "vida que não separa/ o real do imaginário/ jamais relativiza o tempo// renova-se no esforço das palavras/ declamadas no intervalo da queda/ plêiade do amor que modifica// assombro do inevitável/ para enunciar o desejo/ na primeira mordida da maçã// angústia fundadora/ que nos define/ e nos encerra".

Tributário também da ideia de que o curso temporal lhe é usurpador de dias-possibilidades-vida, o poeta acresce ao halo melancólico a modular seus *signos de passagem* uma outra angústia: o drama da linguagem, a palavra como insuficiente perante o real. Em suas "variações sobre o vazio" e no limiar entre o silêncio e a escrita, o apelo metalinguístico, o poema dobrando-se sobre si mesmo na reafirmação de que o dizer nunca alcançará o ser das coisas, o visível que nos circunda. Em "metafísica do silêncio", assim diz: "mudez a espera do grito/ onde palavras imóveis// tornam-se ávidas/ ao possível movimento.// atropelo dos sentidos/ impassível gesto// da nota dissonante/na harmônica escala// desse isométrico jogo de ruídos. o caos// afina o silêncio/ enquanto deuses dançam// a música das esferas/ no universo pitagórico.

Em "impressões de início", Olivio compõe o seu próprio Golem, mito nascido da tradição hebraica do século XIII, o qual se remete a uma matéria informe vertida em um homúnculo a partir da invocação mágica de um nome. A seu modo, o poeta encampa o recorrente *leitmotiv* da criação, o da transposição infiel, "o corpo em luta", do mundo ao signo: "barro moldado/ em carne viva// malícia do gesto // destreza que inspira/ o corpo em luta// delírio medido/ pela trêmula matéria/ ao impulso da mão// dor em cadência oposta/ aos talhes do cinzel// geométrico conflito/ que se revela origem// equilíbrio mágico/ do palpitar efêmero// desde a imagem de ontem/ ao primeiro grito// sopro que lhe soa / pó do princípio/ e fim".

Já em "algum pedaço de terra", os campos da escrita e da agricultura confluem: "ao poema/ não se intenciona o ouro/ mas a terra lavrada// cordão de sementes/ que veste o corpo/ e mede o caminho// do pó ao barro/ – grifo memorial/ das impressões de início//[...] à margem do desfecho/ não há encanto possível/ apenas a salvação do plantio// (há que se bastar)".

E o que viria a ser a sua "palavra além da pedra" senão perseguir a própria palavra como signo-valise de sentidos irradiados por meio dos encadeamentos sonoros, produzindo, assim, expansões sensoriais que matizam a intenção poética: "o vento inventa assonâncias/ reparte o vidro da janela/ pelo espasmo da pedra". Em "facticidade", a exemplo do motivo-forma pedra, o vento também se movimenta veloz segundo suas aliterações em 'v', para depois, em uma suspensão da realidade imediata, rechaçar a sua própria natureza móvel: "um vento frio varrendo a tarde úmida desse outono mórbido./ um vento frio e úmido invadindo os cômodos da casa/ como um fantasma liberto de suas obrigações./ um vento anterior. um vento quase infinito sem nenhum movimento/ passado: tudo é presente imóvel em ação contínua (realidade inseparável/ de um tempo historicamente não situado."

Ao admitir que "escrever não é escolha/ é viver condenado/ às imagens do espelho", Sidnei Olivio, em desconcertante concordância com Jorge Luis Borges, acaba por reescrever o que o escritor argentino consignou em *El Hacedor*: "Um homem se propõe a tarefa de desenhar o mundo. Ao longo dos anos, povoa um espaço com imagens de províncias, de reinos, de montanhas, de baías, de naus, de ilhas, de peixes, de moradas, de instrumentos, de astros, de cavalos e de pessoas. Pouco antes de morrer, descobre que esse paciente labirinto de linhas traça a imagem de seu próprio rosto". Em seus *signos de passagem*, a geografia de seu rosto, a iconografia da ruína, a metafísica do indizível. Resta, a nós, o que serenamente nos ensina: "viver é copiar o instante/ com a delicadeza da borboleta/ sobre a flor." E que assim (nos) seja.

Luciana Barreto

Poeta e professora

construção empírica do abstrato

- impressões de início
- algum pedaço de terra
- à flor da vista
- intempéries
- o mundo é a essência do silêncio
- metafísica do silêncio
- geografia de um rosto
- o mundo dentro de nós
- humana flor
- a infinitude é apenas uma ideia

silêncio possível
entre as camadas do dia
ecos de bashô

impressões de início

1 barro moldado
em carne viva

2 malícia do gesto

3 destreza que inspira
o corpo em luta

4 delírio medido
pela trêmula matéria
ao impulso da mão

5 dor em cadência oposta
aos talhes do cinzel

6 geométrico conflito
que se revela origem

7 equilíbrio mágico
do palpitar efêmero

8 desde a imagem de ontem
ao primeiro grito

9 sopro que lhe soa
pó do princípio
e fim

algum pedaço de terra

ao poema
não se intenciona o ouro
mas a terra lavrada
cordão de sementes
que veste o corpo
e mede o caminho
do pó ao barro –
grifo memorial
das impressões de início
escrever não é escolha
é viver condenado
às imagens do espelho
(altivez do verbo
gravidade estrita
que não atravessa a noite)
à margem do desfecho
não há encanto possível
apenas a salvação do plantio
(há que se bastar)

à flor da vista

1

seus olhos estáticos
dependurados no tempo.
transe paralelo à procura
de um ponto infinito.
ver pela primeira vez
a escritura da natureza
no hiato do invisível.
a contemplação das coisas
que realmente existem.
fagulha do desconhecido.
dúvida imensa que nada espelha.
mas que se reconhece constante
como a sombra da manhã
atravessando a porta.

2

trama poética que enreda o mundo
na leitura sempre imprecisa.
seus olhos locupletam

acima do mistério
o poema impenetrável.
escultura versada
pelo sopro ancestral do barro.
do cheiro de terra molhada.
da beleza revelada pela paisagem
que habita o escuro.

intempéries

1

flagrante murmúrio
da luz que se deita
sobre rasas manhãs
onde o corpo
aberto ao mundo
desperta sereno
e não resiste
à dura sintaxe do dia.
ainda se fez sentir
a rotina inquieta da voz
nesta clara manhã
mínimas sílabas
que não ocupam espaço
como a pedra lisa
ou cinza nuvem
sabem do poema safo.

2

presas ao olhar
nuvens-cumulus

desvendam-se lentas
nos furtivos relâmpagos
e ausência do verbo
que se faz temporal.

3

como dizer o silêncio
fragmento da pedra
suspensa nas mãos?
como dizer o corpo
na escritura do tempo
a pena, o papel, o vago?
(algo sempre a descobrir)

4

na ânsia de juntar
corpos e palavras
em desalinho
falta uma letra apenas
para desvendar seu nome

o mundo é a essência do silêncio

ver pela janela a gênese do mundo
no trânsito quase imperceptível das estações
acumuladas. as horas apressadas pelo relógio. as coisas
que não podem ser mudadas. a sombra
antecipando a despedida. postes da rua
iluminando a solidão difusa. a arqueologia
mórbida da cidade expandida em fórmulas. as pessoas
em suas aflições cotidianas. em sua mesmice aprisionada.
em seus desejos de futuro impossível. eu sigo
meu trajeto de nunca chegar. os lugares
que perpasso são fendas de imprecisas soluções. estou
cada vez mais preso na voz emudecida (palavras
que em vão rascunham o poema sem alvorada.)

metafísica do silêncio

para Cleber Falquete

1

mudez a espera do grito
onde palavras imóveis
tornam-se ávidas
ao possível movimento.
atropelo dos sentidos
impassível gesto
da nota dissonante
na harmônica escala
desse isométrico jogo
de ruídos. o caos
afina o silêncio
enquanto deuses dançam
a música das esferas
no universo pitagórico.
narciso despojado
da primeira pessoa
(corpo e alma
no mesmo espaço.)

confissão das coisas
destinadas a serem
únicas.
estética do novo
que provoca
(nas melhores horas)
capacidade de olhar
a beleza capturada
pela nudez do dia
no entrelugar do tempo.

2

não silencie
ao que não se deve
calar.
palavras
de inequívoca expressão.
frases desentranhadas
do suposto embaraço.
urgência íntima
inconformada
com o mundo lá fora.
linguagem que se baralha

no ritmo primordial
do encontro com a poesia
(ardilosa essência
do verso.)

geografia de um rosto

no primeiro gesto da escrita
o movimento da caneta
dava sensação de poesia.
roçavam palavras
em suas mãos hesitantes.
dedos sem ornamentos.
uma língua atropelada
(desfiada pela caligrafia da voz)
esvaía-se em segredo.
a trama do texto
nas inversões sintáticas –
teias formais emaranhadas.
disfarce de poucos verbos
para tentar explicar a vida
sem reflexo no espelho.

o mundo dentro de nós

1

voo coletivo de aves
no fim de mais um dia:
repetição do cenário
no peso da existência
entre distância e limite.
lampejos de busca –
olhos entortam imagens
atravessados pela noite.
bússola da permanência
no silêncio do hábito:
confronto da espera?

2

na retina do mundo
as lições do tempo –
cuidado místico
com lugares preenchidos
pela ausência.
o tempo demora a passar
ao contrário das ruínas

que o circundam.
ao modo da tradição niilista
a procura do distante
estranho e diverso
para fortalecer
interesse pela vida.

3

detalhes da paisagem
na tessitura do enredo
embalado pela insônia.
um filme analógico
somente agora revelado:
aquilo que se concretizou
na memória (e que seria
bem melhor esquecer.)

humana flor

1

eis o quanto é necessário
abolir a verdade agônica.
abrir a palavra até alcançar o mar
como a porta descobre uma ilha.
mais do que uma porta: um porto
de onde se parte o acontecimento –
essência que nunca afasta
seu valor concreto.
fruto humano de cada dia
semeado em terra revoluta.

2

cada cabeça com sua fatia do azul
onde a vida – círculo de novo sangue –
forja o dia de imensos olhos
e cristalino tato.
braços dados medindo a distância.
veias em busca de um poro.

3

ao tocar tais imagens
à continuidade da outra margem
(que ainda se preserva na fala)
o verbo elabora uma história
em torno da matéria.
língua necessária para descrever
fenômenos do seu tempo
e juntar-se ao tempo da sua história.
como se o verso reagisse
validando com a aurora
um lugar na esfera da ternura.
pleno gesto de agora
que move a minha mão.

a infinitude é apenas uma ideia

a procura inconformada
de um instante perdido
ou do nada que restou
numa gaveta vazia.
o futuro despreocupa-se.
apenas o presente importa
dia após dia passando devagar
enquanto o mundo se despe lá fora.
meus passos vestiram sua distância.
há uma voz que não deixa mudo
o tom surtado, quase exasperante,
da partícula "se".
se eu virar o volante subitamente
e tomar novo rumo?
se pular desse edifício
em seu colo metafórico?
se eu apenas tomasse um porre
ou dourasse a pílula?
se ela deixasse de ser
minha musa venal
e eu findasse o poema

sem verso-remate?
se afônicas reticências
fossem a síntese do fim?

aliterações da tragédia anunciada

- a palavra além da pedra
- à sombra dos ciclos
- o riso esconde o medo
- paleta de cores crepusculares
- a vida se apressa para a noite
- aqui onde o sol não chega
- a morte de narciso
- auréola de remorsos
- o que subitamente não desperta
- inclinação à luz

em toda partida o mesmo gesto se repete:
vestimos a dor que nos despe.

a palavra além da pedra

o tecido desbotado da noite
cobre a tarde enrubescida.
num crescente bolero
o vento inventa assonâncias
reparte o vidro da janela
pelo espasmo da pedra.
fratura do tempo
sem limites existenciais.
corpos de superfície
nos entremundos em êxtase.
antagonia do rosto espelhado
numa imagem futura
como epigrama de um sonho
povoado de fantasmas.
(enquanto da tarde escorre
lágrimas entre escombros
a palavra dessa hora indesejada
carrega silêncio de pétalas
e a dor de pés iludidos
pisando minúsculas pedras.)

à sombra dos ciclos

vultos à volta
movem-se lentamente
feito lembranças
de um tempo ardiloso
o espelho prende à parede
translúcida realidade –
anverso das manchas de aço
no impressionismo da face
em vestes esvoaçantes
(à moda dinâmica dos fantasmas)
cortinas balançam o vento
revolvem poeira
sobre o soalho de pedra
que atravessa corredores
da casa ancestral
estiagem que anuncia
finitude de estações
nesse acúmulo de setembros

o riso esconde o medo

o fim da fria estação
lava os olhos de setembro.
roubado intento
que antecede o espinho.
risco de sangue no riso
que esconde o medo.
esquina aberta aos olhos
que indagam à cidade
sobre a dor indiscreta.
sem finalidade o verso
é o avesso do papel. a antecipação
de um mundo inexistente.
(você então me pergunta
qual é a importância disso tudo
quando nada enfim existe?
eu respondo que nenhuma.
apenas o registro trágico
de mais um ano que passou.)

paleta de cores crepusculares

1

há um tangível hiato
entre as claridades
na epiderme do dia.
são dezoito horas
na cidade que arde.
o horizonte incandescente
parece o alarde do fim
nas aparências escondidas
e inquietudes solidificadas
que restaram à vida.
essa é a soma fatídica
da herança que nos presta.
nada que daqui se leva
e o que resta é pedra
sobre ossos pedra
sobre pó pedra
sobre pedra.

(posto que o horizonte visto fosse o reverso do que vi – a impressão malfeita da tarde – morrer ainda assombra. pois morrer assim é morrer sem nunca ter visto sobre a pedra o azul que não nos alcança.)

2

a manhã surge morna
e acalma meus olhos na hora branca.
tênue paisagem dissolvida
na noite ao desassombro do dia.
a intempérie sobre a pedra é a gênese do solo
o berço utópico da planta.

a vida se apressa para a noite

na derrocada das chuvas
a dama-da-noite espalha em silêncio
seu branco perfume.
aguarda o prematuro outono
enquanto respira a madrugada
das alamedas solitárias
onde edifícios se erguem
e tombam.
em seus rastros, o espaço
e velhas pedras para novas construções.
velhos jardins para novas damas
(terra convertida em carne e osso.)
há um tempo para viver e desejar
e um tempo para o vento
sacudir folhas, flores
e carregar para além das esquinas
a luz perfumada que se declina
nas sombras da tarde.

aqui onde o sol não chega

pouco a pouco a memória se despedaça
e sucumbe ao acaso dos dias.
por mais suspeitas que sejam
as palavras têm o teor do registro
e a história é algo a se firmar perene
sobre os subterrâneos do passado.
resgatar dos escombros as tintas
e tragédias não evaporadas.
cavar as profundidades de todos os esquecidos
esse exército insólito de cadáveres
que resistiram em cada esquina
em cada tarde suspeita
como meros passantes
sobre o pavor da madrugada.
trágicos heróis emoldurados
no devir melancólico
dos deuses do futuro. trágicos heróis.
a vida é a breve luz de uma vela
sobre a lápide do destino.

a morte de narciso

depois
de tantos
escrúpulos
e gestos
premeditados
depois
de tantras
esdrúxulos
e tardes
eclipsadas
o amor
quedou-se
noturnamente
como se o método
do tempo
de sempre
adormecer
jamais
o tivesse
acordado

auréola de remorsos

tarde da noite
esse par de olhos
dilatados (ínfimo círculo
de lucidez).
fixada na paisagem
a lua derrama tímida luz
somada ao poste.
claridade que não basta
às sutilezas do corpo
nem às palavras encadeadas
vestidas de versos.
tanto quanto é longa
a verdadeira noite
(num dia pleno de ocasos)
que não possa o verbo
– dissonante –
deformar o poema
afeito ao silêncio.
sequer deveria
rasurar a folha e desejar
o brilho das pedras.

o experimento da dor
requer dor própria
cada objeto de desejo
se apega ao escuro.

o que subitamente não desperta

a tarde se inclina escura sob o uivo
do vento entremeando os prédios
como um lamento. um sopro
de tristeza e abandono.
há um desejo incerto no incesto
do dia que contagia a noite (um corpo só
e seus segredos.)
o tempo se perdeu nos vestígios
da sua presença. inocência de um abril
à volta do que nunca fomos.
(ela partiu na manhã
quando as janelas se abrem enfim
em áspera resposta
aos desabitados sentimentos.)

inclinação à luz

como se a manhã
abrisse em silêncio
interminável fosso da noite
e fosse a luz num instante
verdade consagrada
pelo estupor do delírio.
como se o brilho dos metais
não fossem discrepantes
à pedra que os afia
e o dia a clarear diferenças
ascendesse aos céus
corpos sem asas.

estranho lirismo

- baile de máscaras
- constructo
- peço conselho às flores
- espírito errante dos poetas solitários
- cerimonial
- desejo escondido no escuro
- o amor não chega em cores
- oferenda
- sonho de carnaval
- um rito para este feitio

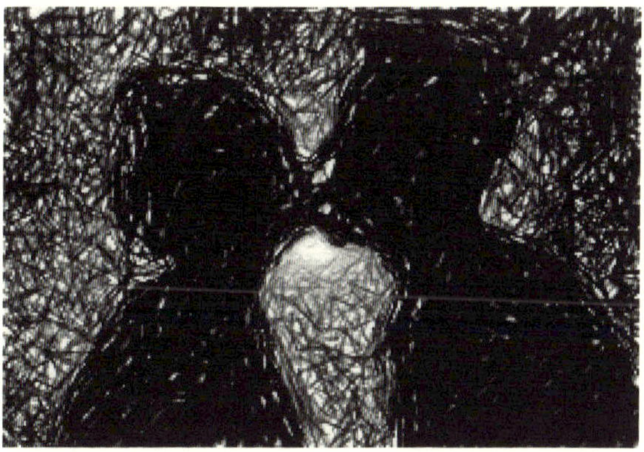

aceitamos o amor que imaginamos merecer.

"afinal de contas o amor é feito de coisas banais."

baile de máscaras

ela me interroga
sobre o devir de todas as coisas
eu apenas confesso os desastres
em ser sincero
(o martelo de nietzsche quebrando barreiras –
dinamite existencial a dois passos do abismo)
nada que me oriente
nem búzios nem bússolas
ou orgânicas promessas
de amores metafísicos
(sigo estrelas desaguadas
nas noites de verão)
nada que me move
nem o ritmo tribal dos tambores
ou pendulares mensageiros do vento
(talvez o poema rimado
pelo passado que se perdeu no caminho)
caminhar é reescrever o tempo
à distância do mundo
na escura cena em que nos despimos
da mais tirana fantasia

constructo

a experiência do desamparo
peregrino traço
por onde se infiltra o desejo
exercício limítrofe da transgressão
fios narrativos
de uma prosa pungente
escrita do contágio
hipnotizante fúria do corpo
que transcende o literal
figura dramática de um jogo
além da própria volúpia
no despudor da linguagem
aquilo que se ousou
chamar de amor
antes de qualquer palavra
(pelos poros da pele
nenhum sangue visível
de antigas cicatrizes)

peço conselho às flores

a volta insistente ao mesmo lugar
buscando encontrá-la.
em vestes baixas
dando comida aos gatos.
regando o jardim branco de rosas
(no mesmo lugar
onde o vento fala.
onde os sonhos têm olhos e asas.)
a volta insistente ao mesmo lugar
buscando encontrá-la.
em pelos à mostra
dando incentivo ao gesto
ao pleno do desejo que restou.
(uma frase se desfolha
sobre os ombros da saudade.
peço conselho às flores.)
a volta insistente ao mesmo lugar
buscando encontrá-la.
em êxtase aparente
a beber motivo ardente
queimando corpo escasso.

(sem nenhum embaraço
deito-me sobre cada memória
como um lapso de existência.)
a volta insistente ao mesmo lugar
buscando encontrá-la.
mas ela nunca estava.
como estaria se fora sempre
uma figura feito o lugar emoldurada?

espírito errante dos poetas solitários

frase extraída das páginas de um romance,
verteu epígrafe gravada nas folhas
mais duras, das violetas bordadas
num jardim sem promessas.
atravessou cidades inteiras, destinos, fronteiras,
frangalhos de mundo.
voltou imerso no rio que nos meandra,
com águas salobras nos olhos
sempre abertos ao descaminho.
palavras que volveriam mensagens
nos seus lábios de vogais coletivas,
jamais tiveram eco.
(o tempo é satélite de todos
os continentes. o canto
esse espectro de vida.)

cerimonial

as velhas tábuas do soalho
forram o chão da casa abandonada.
escondem o eco indiferente de bach
soletrado pelo tato nas teclas
de um piano desacordado.
oco barulho dos pés:
movimento imensurável
do corpo disponível ao toque.
a ingenuidade perdida
nas mentiras obscenas – íngremes
expressões de um ato imaginário.
foi-se areia da ampulheta
junto ao pó de um instante
de ânsia e completa desventura.
na dormência plena
dos seus olhos iridescentes
resistem vestígios de candura:
cintilar sorriso
da madona ilegítima
presa na parede.

desejo escondido no escuro

a mala sem espaço para etiquetas
e nenhum rosto conhecido.
nenhuma palavra perdida
torna-se eco no vácuo das intenções
enquanto o vento perturba o voo
ao encontro da espera.
lembro-me da sua voz inspirar
as mais ingênuas abstrações.
o reflexo da nossa imagem no espelho
repartindo o tempo dos prazeres.
meu nome feito um gemido
ao vestir o instante do dia.
cai a noite envolta em brumas
(sóbria como um relógio.)
a luz acesa da pista seduz
a sombra que agora nos define.

o amor não chega em cores

personagem autômato
do cotidiano feito de dramas
era dela que eu falava
estrela onde tudo ao redor
gravita e cristaliza
o gestual expandido no foco
das vestes estampadas
da espada nas mãos
a perfurar o real
(a vida é sua arma)
o gesto e o ato
além do enquadramento
como se fosse um enigma
tudo se transforma
o mundo sem cortes
alheio à poesia
simulação de equilíbrio
as cores do artifício
dissolvidas em cinza

oferenda

tênue voz alinhada
ao corpo ignescente
mapa do desejo
rente à palma da mão
no alinhamento da lua
e do sol nessa maré
como água e sal
a teoria do mar
(rotina de ondas)
palavra perolada
escrita na areia
raro traço da presença
que resta da concha
enquanto o canto
espera amanhecer

sonho de carnaval

as mãos foram amputadas.
os braços esticados
formando serpentinas
estacaram dor e sangue.
entrelaçados
como fantasia malfeita
(as pernas intactas)
desfilaram avenidas em fuga.
romperam o medo.
suaram o frio.
aliciaram a morte
sem enredo.
pierrina e colombot
acordaram plasmáticos
diante da tv.
depois, desfizeram-se
em cinzas.
(era meia noite de terça-febre
sem confetes nem perdão.)

um rito para este feitio

para Marcia Porto

1

é assim que te vejo
vermelha
ventre mate entre a palavra
e o acidente
corpo preso em gestos
de vento.
não te nomeio. tua imagem
são mil nomes
sem nenhum temor.
expões-te àquilo que passa
diante da lente
inquietude latente da palavra
um arrepio
às voltas do cordão
silêncio tecendo o fio
que nos resgata
deste improvável
labirinto.

2

(de feitio selvagem) o corpo
na urgência da finitude
sangrando palavras estorvadas
que não superam o desejo.
se o tempo arrasta o mundo
e se basta
quero a vida
com seus pretensos milagres
nada que me afaste
da substância dos sonhos
além do cordão
e das estradas
entranhas emolduradas
pelas manhãs.

diagrama do futuro

- maquinaria
- variações sobre o vazio
- toadas
- toda medida tem um erro embutido no escuro
- trajetórias
- signos melancólicos
- unhas sujas
- tábua das marés
- a delicadeza da planta que não vingou
- metaverso

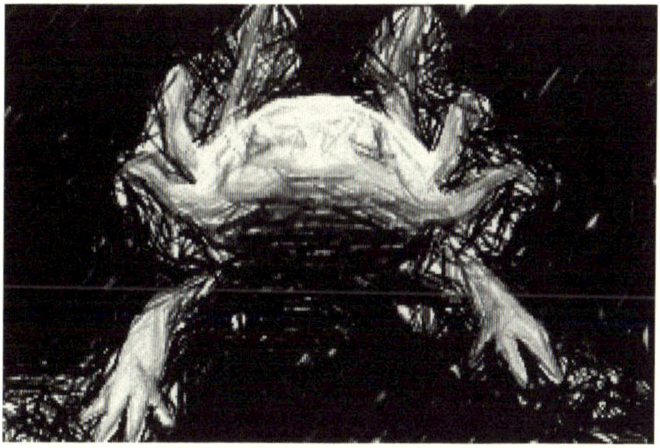

peixe que se asfixia fora d'água
destrói conceitos evolutivos

maquinaria

1

sentidos apurados
na forja móvel do mundo
explodem
num êxtase silencioso.
obsessivo desejo
de se permitir diferente
que só aos bardos
é dado ouvir
o crepitar dos versos
em aço.

2

sonoro é o fogo
em cada chama
um sussurro
entre a palavra dura e o assombro.
não há como fugir
da tensão entre os polos
fino efeito
que não se quebra em fio.

3

a mudez da imagem
feito pergunta
(: o traço das cicatrizes?)
viver é copiar o instante
com a delicadeza da borboleta
sobre a flor.

variações sobre o vazio

frases entre deboche e angústia –
lâminas a cortar rente a pele
veias sangrando despedidas
tudo parece tarde demais
quando o dia nos escapa
pelo giro dos ponteiros
vida que desliza
sobre restos do passado
na existência do que restou:
algo único e improvável
vazio da idade sob os pés
perfurando horas inéditas
diante do ilusório
partir de uma ausência
é o caminho que se abre
na direção oposta
à solidão que nos prende
pelos nós da palavra
que o vento leva e traz
olhos, bocas, nomes
feito esculturas de areia

toadas

metáforas e manjeronas
estendem-se em versos
feito receita de poema
resvalam na ambiguidade
sem o trema que o tempo levou
para longe do madrigal
florescido no passado em finos gestos
a suavizar asperezas do mundo
assediado pela geometria das folhas
dispostas em cruzados planos
o poético ensaia o desvio
e desbrota na retorcida anatomia
desenhada nas ruas à sombra da fome
onde as horas não se dobram ao vento
nem ao curso da tarde
(a noite se apodera do dia
interrompendo a lentidão do crepúsculo
enquanto os olhos ardem
na vigília do aposto)
carrapichos ignorando o vento
se prendem a pautas oblíquas

dentes-de-leão
carregam o poema suspenso
às savanas azuladas
onde estrelas se esparramam

toda medida tem um erro embutido no escuro

para Marli Froes

1

(entremeado nos vales de minas
minas de ferro prestes a desabar
sobre a razão e a rima.)
corre inválido o rio doce
sobre o leito da tragédia.
sensação de morte
na última gota que tocou os pés.
ao curso das margens
trens carregam montanhas
à procura de maomé.
uma pequena rocha que restar
será a ínfima legenda
de um tempo além de nós.

2

a sombra dos sentidos
inaugura uma realidade sutil:

o valor que a natureza tem
de si mesma
no avesso antropocêntrico
de descartes.
envolta nas brumas
a poesia flerta com a luz
invade o desconhecido.
palavras geradoras de mundo
vem relatá-lo:
não temos mais para onde ir.

trajetórias

1

no trajeto em direção a falésia
a noite entranhada no dia
recria batalhas artificiais.
constrói escadas ao paraíso
para fugir das tragédias acumuladas.
nas margens de um rio inavegável
a assimetria do barco
rompe o intento da proa.
mundo que se desequilibra
ao redor de tudo.
língua enrolada nos dentes
pela boca rasgada
semente do grito
ainda presa na garganta.

2

leio na cidade
sinais além das setas.
semáforos perdidos
no intervalo das cores.

falo a língua do passado
ao referir sobre o futuro.
farejo brechas do relógio
maquinaria do tempo
que parou na hora histórica.
consequências além do fim
regressão e cataclismo
ambiente devastado
escombros e predação
adjetivos que o poema ignora
na perplexidade da escrita.

signos melancólicos

observo o mundo pelas janelas sociais
mensagens enforcadas em cabos ópticos
da imaginária planície.
de uma fresta física as estrelas
espreitam a vida com sorrateiro brilho.
a rua nessa hora incerta
tem a cor da ausência
o sabor da tragédia
e a opacidade do sol que se derrete
aos olhos mortos do crepúsculo:
trilha dissidente dos anjos das hostes.
(marcha armada da mentira.)
nessa hora incerta a rua
pende postes de luz difusa.
um vento pesa por debaixo da porta
e a lua oscila sobre a maré de sizígia
nova cepa de aliterações.
em rumo adverso às placas de sinalização
salto a cena do escuro.
os muros já ganham vozes das tintas
que escreveram os ritos de outrora.

unhas sujas

faltava-lhe no rosto disforme
o sorriso plástico
de quem não tinha nome.
olhos espetados no vazio –
traços de um corpo perdido
personagem falkneriano
com língua solta a dançar
sobre a sintaxe do texto.
murmúrio diante da vala
terra aberta sob as unhas
como se plantasse crisântemos
e fosse alérgico ao toque.
lembrança permanente
da homenagem em bronze
sobre o granito soletrável
visão noir da realidade.
passeio temporal
num plano contínuo:
sua herança urbana –
quina indiferente à cidade
que se apressa ao porvir.

tábua das marés

para Celso Vegro

no extremo do dia
barcos ancoram
à beira da praia.
mansas ondas refletem
o que ainda resta de sol
em suas brancas arestas.
antagonizam mensagens
de náusea e maresia.
dentro dos barcos
redes
dentro das redes
moluscos
crustáceos
e peixes
entrelaçados em ulvas
e sargaços
reverberam-se em saltos
– mórbidos traços –
no ultimato da pesca.

outros – livres das vísceras –
repartem-se em simetria
na ultimada fome dos homens.
(sobre o deserto da areia
a noite já respira.
aves disputam entranhas
enquanto o vento em uivos
provoca o mar.)

a delicadeza da planta que ainda não vingou

1

nas linhas descontínuas da mão
a vidente mapeou ruas acidentadas.
o inverno se avizinha sob o equador
num presságio desesperançado
onde palavras penduradas
no ponteiro do tempo
(esquecidas da sintaxe)
invadem o silêncio.
suspensa temporada de encontros
na sutil e fragmentada história de vida.

2

mãos secas hesitantes do plantio
em solos estéreis.
custa semear sepulturas
(templos de solidão infinda)
onde o vento sussurra
momentos adiados.
vale enfim o cavado poço

onde o corpo que fenece
brota como aparente mensagem
da póstuma estação.

metaverso

1

olhar incrédulo pela fenda
que descortina o escuro.
cai a noite no japão
enquanto aqui o dia arvora
em dogmas de luz
e escolhas cruciais.
feições somadas à vida
onde a dor é real:
vejo todo sofrimento
escorrendo do seu rosto.

2

o que querer nessa construção
de amanhã impossível?
um cacho de palavras
dos seus cabelos encaracolados.
histórias sem limite de tempo
e desejos imperceptíveis.
(quantas imagens cabem
no semblante triste da tarde?)

3

minha feição de ontem
na manhã desse espelho:
olhos vermelhos
rasgados em dramática cena –
céu azul de papel
no horizonte rasurado.
palavras ínfimas
a reinventar na terra
paixões agregadas
a sentimentos comuns.

4

como edificar o corpo
em grãos de acasos
(átimo do tempo
de indestrutível silêncio?)
um poema a mais
no prenúncio da voz
somada ao caminho
de aparentes passos
antes de se perder
na motivação do vento.

5

minha ausência é uma gota
pendurada nos olhos
(reflexo prismático
do espelho sem derme.)
passado que agoniza
em sutis lembranças
são espaços vazios
de arquitetura tardia –
linhas retas que sobressaem
na paisagem imóvel.

6

lugar preciso é uma descoberta –
espaço pulsante do verbo –
como se o resto do poema
não precisasse existir.

arqueologia mórbida da cidade

- casulo doméstico
- improvável não gostar das manhãs
- trincheiras
- signos de passagem
- eclipse
- iconografia da ruína
- miopia
- extinto verbo da aurora
- o pégaso de picasso
- sal da meia-noite (trocar por Urbanidade)

a cidade acendia vagarosamente suas luzes incandescentes.
as ruas se calçavam. nasciam esquinas: brotava a solidão.

casulo doméstico

o espaço urbano converteu-se em terra inóspita.
a vida encurtou seus movimentos.
circulado por objetos íntimos, espera cair o fim do dia
sobre a cidade ruidosa.
a noite arrasta o mistério.
da janela ecoam sons enigmáticos: palavras deslocadas da boca
num sopro interminável.
em câmera lenta, sua imagem transforma-se em verbo futuro
como se do escuro da garganta raiasse uma luz sem cortes.
holofotes da vida solitária: filamento de narrativas
aprisionadas num bulbo.
precipita a fuga e desaparece na sombra crescente da lua
e da falta dos sentidos que ainda lhe pertence.

improvável não gostar das manhãs

1

vejam a manhã em seus instantes de parto.
mesmo sem o teto cintilante ela escraviza a noite
no seu giro de rota.
translada a tarde para o lado norte
onde tudo se retrai.
onde a vida que nos nega a verdade
se oferece em disfarce ao inviolável tédio
da existência.

2

tudo por fim existe.
desde a ínfima corola às florestas
que consumimos.
desde a íntima lágrima aos oceanos
que naufragamos.
desde o pó que nos inicia
às montanhas que assombram nossa precariedade.

3

vejam as manhãs sem o contágio do fim
disse a tarde
eu me encarrego do escuro.

trincheiras

1

preso nesse tempo e nesse lugar.
todas as luzes acesas
e nada vejo ao redor
além de sombras e muros.

o que pensei ser uma fresta
era apenas impressões do desejo
e ar escasso.

pelas entranhas do espaço
as trancas da casa.

o código sob a epiderme das palavras
ou dos pulmões (drummond:
em vão tento explicar,
os muros são surdos.)

não preciso de chaves
sequer do grito – o que eu preciso
é onde estou.

2

preso nesse tempo e nesse lugar
onde o mundo se divide.

a rua transborda o meio-fio
feito um rio de concreto e poeira.

suplanto o chão aterrado
no exterior longínquo:
rasura do sol que surge ao leste.

qualquer obstáculo é um limite.
há vários que nos separam.
salte-os por vez
e não solte mais a minha mão.

signos de passagem

para Luciana Barreto

(a tarde se estende feito um rio canalizado em avenidas perdidas.)
corredores que emendam
esquinas, refúgios,
amores vãos,
verbos tecidos em lençóis
de hotéis baratos.
anseios mal-intencionados,
carregam imensa questão:
aqui estamos ainda
incertos do que será –
manter a forma
ou primar a rima?
faço pazes com a dúvida.
deixemos tudo no chão,
esse acúmulo de luares
e palavras infames.
versos repetidos
habitando nossa boca
como uma memória sem ruído.

sentença de existir
para entender o possível:
transformar arte em lugar.
quadro que sustente
o corpo desvestido
de rosto ou nome.
dna da saliva presa
numa xícara de café
ou na tampa da caneta.
quem sabe de nós
imersos na cidade
a ouvir oráculo das runas?
no futuro da hora
pisamos sobre as coisas
que já não cabem no mundo.

eclipse

difusas horas severas duram
sólidas rolando lentas
dos aclives onde se crava a nova cruz:
o invisível que se avizinha
alastra e assombra
no exclusivo encontro com a morte
ao que resiste o corpo
nesse confronto de espaço
e reparte o tédio em mórbidas expressões.
o corpo que não mais suporta
a insistência de fechadas portas
perde-se aflito no rito das estranhas manhãs
e salta empírico pelas janelas
sob as procelas do tempo –
pierrô atônito entre as brumas de quarta-feira
que vestem as valas dos comuns
onde milhares de fantasmas vagueiam cegos
pelas bordas à procura de identidade.
a eclipse penumbral da lua nessa noite insólita
é mais um sintoma soturno
vestígio horizontal do ontem

que se diluiu no escuro das cores aposemáticas
e da panfletagem do fim
espalhando-se pelo mundo.

iconografia da ruína

nuvens cinzas despencam
sobre casas e quintais
encobrem terras semeadas
veias de folhas e troncos
ossos de animais
que se misturam no campo incinerado
mantidos sem legenda
aves aflitas abandonam
seus ninhos calcinados
sob a sombra da fumaça
que jamais se dissipa
transita o derrotado curupira
enquanto a tépida luz da tarde
é absorvida pelo carvão grisalho
a noite chega prematura
no enuviado silêncio das estrelas
nenhum atalho leva ao rio
o percurso de pesados pés
é somente pó e alvoroço
(a origem do barro contestada
pela sacra melancolia)

desperta enfim o sol
e desponta o dia em meio à neblina
o vento da aurora
esparrama o calor
seca as folclóricas lágrimas
da lenda que ali resta
por princípio e fim

miopia

atravesso ornamentos do dia
e temo o cordão de nuvens
a enforcar os limites da cidade.
o medo é a razão míope dos sentidos
ignorados. trêmulo rezo ao vento
que as disperse longe dos estampidos
da tarde. quanto pode um incrédulo
conjurar o tempo sob a ira de júpiter?
o dia passa lento feito pêndulo de um sino
que anuncia as horas da noturna constelaria.
caminho entre as badaladas
no impulso consagrado do momento
e recebo impune a palavra laica
a salvar o poema diante do mistério.

extinto verbo da aurora

caminho entre os entulhos
da avenida desfigurada.
o tempo ainda úmido
não recorda o dilúvio.
no palco da culpa
discreta luz encena
o escuro da lama
sobre o asfalto os automóveis
sobre as casas.
(retorno ao barro
molde de nenhuma vida.)
lanterna que se apaga.
resta tatear o escuro
em busca da manhã
quando a alegoria enfim
se completa.

o pégaso de picasso

1

enquanto cruzava campos em fuga
a morte armada em voo
(com asas metálicas e cauda de víbora)
vagava os sentidos horários
de uma cruz obscena
a vida era crua carne
no bico dos corvos
cálice de lágrimas diante do vesgo
que entrevi em seus olhos
(quando na ruína das horas
você prometeu o empíreo)
vai-se fazendo esquecido
depois que a sombra se deita
e cobre de luto o futuro

2

entre gritos de horror
e atmosfera cubista
subo no dorso do cavalo
que fugiu da guernica

a pastar com língua de lança
o purgatório do mundo
a vida
grito selvagem
que se tornou visceral
ainda me acorda de manhã

sal da meia-noite

1

primavera em são paulo – não havia
grande movimento nas ruas. poucos bares
a brindar setembros, longe da arte
de fazer o tempo dobrar.
o silêncio da noite era leito de insanável
apatia. sentados na sarjeta, nós dois
exatamente no meio fio da nossa história.
no início, pedras e descaminhos que levaria
ao fim – a lenta cadeia de acasos
que culminou na elipse de fria narrativa.
nessa véspera, porém, quando o movimento
da lua às margens do rio derramava
místico olhar, ainda estávamos juntos –
felizes na cidade ora entristecida.
uma flor sem nome, colhida na fenda
da calçada: pétala dentro da "rosa do povo",
vestígio de um amor asfaltado
que não repetiu outra estação.

2

uma vida depois (herança de cicatrizes
em outro projeto geográfico), novos mapas
ao redor do mundo.
coincidências não formaram trajeto
da união predestinada: esquinas, becos,
horizontes incertos – a confusa metafísica
de um sinuoso caso de amor.
seria preciso cavar túneis, inventar frestas,
reaprender a história de cada lugar,
a palavra de cada momento, que soubesse
transpor estações.
escrevi seu nome tantas vezes dentro de mim,
mas aqui continuo só
e já não posso fazer mais nada.

tempos insurgentes

- roteiro para uma viagem extemporânea
- facticidade
- azimute 90 graus
- misancene
- outra manhã a reverberar o tempo
- projeções incontidas
- rumores coloquiais
- trópico de capricórnio
- primitivo
- sons e faróis

mesmo efêmera

a vida continua além do calendário

roteiro para uma viagem extemporânea

minha janela, meu cigarro, meu martírio.
a vida recupera o sentido quando, o que se vê, encanta.
onde tudo passa lentamente, esse tempo ainda não passou.
no refúgio do quarto esqueço distância e permanência.
o corpo retraído sem dimensões perceptíveis.
a ideia do momento que logo se perderá
na trama celestial das nuvens-chumbo.
o presente impermeável, oculto numa névoa de delírio,
sobrepõe-se ao real e constrói seu próprio itinerário.
drama contínuo em notas de repúdio,
soterramento, tédio, sirenes, solene introverso.
(uma pausa fria na composição dos disfarces.)
criar imagens é elaborar roteiro para imprevisíveis viagens.
registrar, recolher, nomear, esquecer.
poesia, nessa hora, é o reverso da falta.
recrio palavras a compor o passado antevivido.
tempo verbal que resistirá não mais como lembrança,
mas como realidade conformada.

facticidade

um vento frio varrendo a tarde úmida desse outono mórbido.
um vento frio e úmido invadindo os cômodos da casa
como um fantasma liberto de suas obrigações.
um vento anterior. um vento quase infinito sem nenhum movimento
passado: tudo é presente imóvel em ação contínua (realidade inseparável
de um tempo historicamente não situado.)
o tempo recriando sintomas de angústias nessa hora
são expressões fundamentais ao curso da vida.
o corpo sempre se lembrará dos traumas das tardes das tramas
dos amores das dores do medo.
à alma cabe ultrapassar fronteiras e preservar esperanças.

azimute 90 graus

a rota da terra faz nascer a manhã.
movimenta janelas em tempo medido
do continente ao mar.
(na alvorada o imóvel astro
e seu incansável modo de nascer.)
miragem do vermelho –
míssil rubro de calor
que reparte o dia ao meio.
além do véu das nuvens
recupera cor solarizada
do lapso que o atravessa.
depois se põe à linha ortogonal
do horizonte convertido
na sobretarde do mundo.

misancene

me afasto em silêncio
da película noturna
criada à beira do embaraço
componho atalhos
desperto passos
trilho a rota do sol
vertente de luz
palavra que elucida
o poema declarado
ao feitio do tempo
onde nada dura
e tudo permanece
se me afasto ou prossigo
do lastro sombrio
ao astro da madrugada
ainda será no mundo
apenas um verso
e mais uma estrada

outra manhã a reverberar o tempo

com quantos argumentos se tece a manhã?
com quantos ventos alinhavados
a tarde não transborda em tragédia?
levantar-se da cama em dores
(na hora única do dia em que a vida é possível)
ainda é mecânica plausível.
a manhã pende madura
à razão de seivas, preces
e indigências.
colho-a antes que caia
pela extirpação das matérias indecisas
a que o dia se realize.
(as noites não. as noites trafegam urgentes
no seu indispensável turbilhão de angústia
e mistério).
é sempre a manhã se renovando
em seus velhos argumentos de aritmética imprecisa
sob o pretexto da continuidade.

projeções incontidas

desejo é medida de tempo
futuro insistente que se busca
sem definir intervalos
raros como o azul grisáceo
tela do mundo
que expande o imprevisto
cenografia escassa
das palavras de ontem
roteiro que torna obsoleto
o plano difuso em sua vida
gestual do cigarro aceso
entre os dedos
brasa ardendo em contraste
com a brancura dos seios
(corte seco da existência)
legítima impressão do trecho
close a quem normalmente
necessita de holofote
e das harmonias cruzadas
entre a natureza
e cálculos de simetria

pontas de estrela
pétalas de flor
helicoidal invólucro
áureo número
que se transforma
em fragmentos de sonho

rumores coloquiais

para Jorge Amâncio

1

o mundo navega
numa geografia de ruídos
linha de rotas
roteiro de sons
excedem a prosódia
o prelúdio de vogais
na boca imutável
de um xamã
silêncio inexistente
além do breve espaço
sem tempo
dentro de uma bolha
de sabão

2

o segredo da eternidade
dentro da bolha de sabão
partitura de silêncio

antes do infalível arrebento
(modo de morte das estrelas
para o universo existir
em novo arranjo)
marcha tonante
de sílabas graves
na mesura do poema
que o mundo grita
em sua verve primal

trópico de capricórnio

1

dias trasladam assim
secos e escurecidos.
vento entrando de viés
pelas frestas da casa
envolve cada espaço
com seu frio.
espanto de tempo
que me veste
em direção
ao fim da noite.

2

a luz da manhã vem aos poucos
enquanto a sombra
do planeta
tropeça
sobre o avesso.
lume a mesa alva
onde o papel espera o mundo
que se abre desde o início

das palavras escondidas.
(o sol suavemente
requenta as mãos
ainda mudas
atentas ao poema
que atravessará o dia.)

3

um ruído quase imperceptível
desliza pelo telhado.
evoca um nome
como alguém a me chamar.

primitivo

1

vida que não separa
o real do imaginário
jamais relativiza o tempo
renova-se no esforço das palavras
declamadas no intervalo da queda
plêiade do amor que modifica
assombro do inevitável
para enunciar o desejo
na primeira mordida da maçã
angústia fundadora
que nos define
e nos encerra

2

desmentir o tempo
na contagem das horas
para se desvestir do éden
(urgência necessária
de se conectar com o inesperado)
o tratado rouba a paisagem
dos olhos que se arrastam
e são reflexos de si mesmos

sons e faróis

o tempo é um mecanismo sem resgate
silêncio das horas girando o dia.
eu flerto com a manhã –
breve tecido de um acorde
fio que liga o provisório ao eterno
na espiral do corpo em desalinho
enquanto o poema permanece
satélite de si mesmo.
coisas à parte de outras coisas
escondidas da noite –
(conjunções alternativas
para acontecimentos presentes)
cacofonia de ruídos
à sombra imaginária do verbo.
no esboço do grito sobrepondo espaço
(que se abre nas estrelinhas)
encontrarás sobre a pedra
o verde lodo de uma rima
tímidos solfejos do verão
inaugurado pelo canto das cigarras.

Este livro foi impresso em papel pólen bold 90g,
com a tipologia Minion Pro 12/13,8 em 2023